12

Taro Nogizaka

Arata & Shinju

Bis dass der Tod sie scheidet

Meine Ehe ...

... war nicht schlecht.

Porträt:

Arata Natsume

Koichi Miyamae

Als Arata auf Bitten Takutos, einem seiner Schützlinge in der Jugendberatung, Shinju in der Haftanstalt aufsucht, macht er ihr einen Heiratsantrag, um ihr Interesse zu wecken. Aber er schafft es trotzdem nicht, seinem Hauptziel näher zu kommen: dem Verbleib (eines Teils) der Leiche von Takutos Vater. Zwischenzeitlich setzt Shinju Arata jedoch ziemlich unter Druck. Arata unterschreibt den Eheschließungsantrag und die beiden werden offiziell Mann und Frau.

Shinjus Anwalt. Räumt die Möglichkeit ein, Shinjus leiblicher Vater zu sein, um die Todesstrafe abzuwenden.

Porträt:

Shinju Shinagawa

Sakurai

Der Staatsanwalt in Shinjus Fall. Ein scharfsinniger und zielstrebiger Mann, entschlossen, der Wahrheit auf den Grund zu gehen.

Aufgrund der neuen Indizien, dass Shinju zum Tatzeitpunkt noch minderjährig gewesen sein könnte, wird das Todesurteil aus der ersten Instanz aufgehoben. Shinju flieht mit Arata während der anschließenden Verlegung. Auf dieser Flucht kommen zahlreiche Wahrheiten ans Licht, unter anderem die Identität von Shinjus Vater. Schließlich schlägt Arata vor, gemeinsam mit Shinju zu sterben, und versucht, sich mit ihr in einem Autounfall umzubringen. Das Auto wird total zerstört, doch die beiden überleben schwer verletzt. Im Krankenhaus erhält Arata schließlich die Scheidungspapiere von Shinju.

INHALT

Dank an:
Hiroyuki Matsuo für Beratung
in Rechts- und Gerichtsange-
legenheiten, Yuki Takahashi.

Kapitel 97
Ich bin tatsächlich ...

**In den Bergen
bei Chichibu**

Aufgrund der
verschwomme-
nen Erinne-
rung der Verdächti-
gen dauerte es
mehrere Tage
...

... bis
die Leiche
schließlich
gefunden
wurde.

...
wurden
Skizzen an-
gefertigt, mit-
tels derer nach
Indizien gesucht
wurde.

Da die
Verdächtige
hospitalisiert
war und der
Tatortunter-
suchung nicht
beiwohnen
konnte
...

Sie haben ihn?

Verstanden!

...
verdeckte die Verdächtige den vergrabenen Koffer mit einem Stein. Dazu wählte sie eine steinschlaggefährdete Stelle, an der das nicht auffiel.

Um zu verhindern, dass die Leiche von wilden Tieren ausgegraben würde
...

...
wäre er wohl nie gefunden worden.

Ohne den Stein als Markierung und ihre Aussage
...

In diesem Koffer ...

... wurde die Leiche eines männlichen Erwachsenen gefunden.

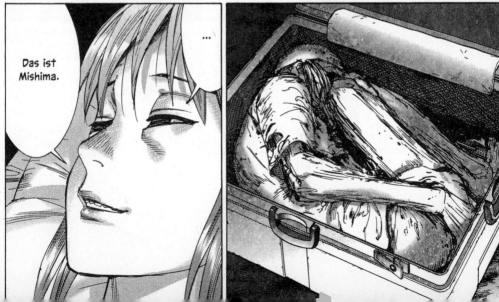

...

Das ist Mishima.

Was denn ... Glauben Sie, ich habe ihn umgebracht?

Erzählen Sie mir bitte, wie er ums Leben kam.

War es, weil er von den Serienmorden wusste und Sie erpresst hat ...

... oder ...

Während der Verhandlung habe ich mir diese Möglichkeit manchmal vorgestellt.

... wollten Sie ihn zum Schweigen bringen, weil er wusste, wann Sie geboren sind?

Ach, wissen Sie ...

Bereits als wir uns das erste Mal im Krankenhaus über den Weg gelaufen sind.

Er hatte schon von Anfang an den Verdacht, dass ich nicht die echte Shinju bin.

»Das warst doch du!« Das hat er mir direkt gesagt.

»Ich habe Tamaki zwei Jahre nach der Geburt von Shinju mit einem Baby im Arm gesehen.«

... wie nennt man das? Identitäts-diebstahl, oder?

Wenn man sich in ein fremdes Familienregis-ter einträgt ...

Er dachte wohl, er kön-ne mich damit erpressen.

Und so hat er mich auch nach seiner Entlassung weiter ver-folgt ...

... Mishima über Informa-tionen, die ihm Rückschlüsse auf Ihr Geburtsdatum ermöglichten?

Ver-fügte ...

Ach, i wo.

Hu hu hu

Da hat er dann auf einmal behauptet: »Ich hab euch in Nanao vor dem Bahnhof gesehen.«

Ich habe ihn schließlich angelogen und behauptet, ich wäre bis zu meinem dritten Lebensjahr in der Präfektur Ishikawa gewesen.

Als ich nachgebohrt habe, wann und wo er sie mit dem Baby gesehen haben wollte, hat er nur rumgedruckst und keine klare Antwort gegeben.

Natürlich hatte er mich nie gesehen, meine Mutter hätte mich ja nie mit rausgenommen.

Und so ...

... woher er wissen konnte, dass ich eine Betrügerin war.

... habe ich mich immer gefragt ...

Das
heißt ja
...

...

Sie
sind
wirklich
schnell
von Be-
griff.

Ich hab damit nichts zu tun! Überhaupt nichts!

Das war deine Schuld!

Der Kopf hängt auch so komisch weg!

Sho, was tun wir denn jetzt? Sie atmet nicht mehr!

Shinju ist ... Shinju ist ...

... lag also daran, dass er sich eigentlich auf der Flucht befand.

Dass Mishima in so jungen Jahren bereits zum Landstreicher wurde ...

... und deshalb wusste er auch, dass ich nur eine Betrügerin sein konnte.

Er wusste also mit Sicherheit, dass die echte Shinju tot war ...

Ich habe ihn damit konfrontiert. Ich sagte ihm, dass meine Mutter mir gesagt habe, dass er Shinju umgebracht hat.

Er wollte sich herausreden, es sei allein Tamakis Schuld gewesen und so. Aber dann kam das Allerschlimmste ...

Da fing er zu lamentieren an.

Er hat heraus-gefunden, dass meine Gefühle ...

... jemand anders galten ...

... und ich ihm nur etwas vor-gemacht habe.

... obwohl er gar nicht sterben wollte.

Trotz-dem wollte er sich mit mir um-bringen ...

Aber
die ande-
ren ... Sie
wollten
doch
alle
...

...

Kapitel 98

Mein richtiger Name

325 | Shinju Shinagawa

Shogo Mi-
shima haben
Sie hingegen
vorsätzlich
ermordet.

Das habe
ich richtig
verstan-
den?

Sie
behaupten,
Sie hätten in
allen drei Fällen
nur Beihilfe zur
Selbsttötung
geleistet.

Könnten Sie mir mehr vom Zeitpunkt von Mishimas Tod erzählen?

...

Ja.

... hatte er bereits den Verdacht, dass ich etwas damit zu tun hatte. Ich konnte ihn daher nicht länger ignorieren.

Nachdem ich Suo und Aizawa begraben hatte ...

Eins noch ...

Das ist alles?

... als ich sehnsüchtig auf meine Mutter gewartet habe, die nicht nach Hause kam.

Es war wie damals als Kind ...

Da hatte ich den Lippenstift meiner Mutter gefunden und wollte mich schminken wie sie. Doch ich sah aus wie ein Clown.

... »die Identität des Mörders«. Damit meinen Sie nicht nur Ihr Alter, richtig?

Sie sagen ...

Ja, eigentlich heiße ich ...

... Pierrot Shina-gawa.

Was soll das sein?

... was eine Echokammer ist?

Man trifft nur auf Menschen mit ähnlichen Werten. Mit anderen Perspektiven kommt man gar nicht mehr in Kontakt.

Das sind soziale Räume, in denen sich die Überzeugungen und Weltanschauungen gegenseitig verstärken.

Ich denke, er war am stärksten vom Einfluss der Echokammer betroffen ...

Besonders ...

... das erste Opfer, Eisuke Suo.

... und gewissermaßen ein Opfer.

Warum?

Nein.

Weil Sie ihn geliebt haben.

... ganz besonders besessen waren.

Vielleicht sollte ich eher sagen, dass Sie von ihm ...

Denn Sie haben immer nur sich selbst gesehen.

... dass Sie die Gefühle der drei Männer nicht verstehen können, und das ist auch kein Wunder.

Sie haben gesagt ...

Ich bin da nämlich genau wie Sie, deshalb verstehe ich das sehr gut.

Ich will Ihnen keinen Vorwurf machen.

Wahrscheinlich hatten sie schon vorher den Wunsch zu sterben. Aber ich vermute, das war es nicht allein.

Was die anderen beiden angeht ...

Das ist natürlich nur meine Küchenpsychologie ...

Fragen können wir sie nicht mehr.

Nun ja ...

Manchmal, wenn ich einen Blick in den Spiegel werfe ...

... weil ich weiß, dass ich mein Leben mit niemandem teilen kann.

... überkommt mich eine Abneigung gegen mich selbst ...

In solchen Momenten ...

... setze ich genau wie Sie eine Maske auf.

Hätten Sie doch nur Ihre beeindruckenden Fähigkeiten besser eingesetzt ...

Es ist wirklich bedauerlich ...

... und Herr Suo hat Sie geliebt.

Herr Yamashita hat Ihnen die Haare geschnitten, Herr Aizawa hat Ihnen gezeigt, wie man lernt ...

... um ein glücklicheres Leben zu führen ...

Wenn Sie diese Begegnungen doch nur dazu genutzt hätten ...

Der Sommer damals ...

... war sehr heiß.

... bekamen einen Hitzschlag.

Sowohl Suo als auch Mishima ...

... hätte ich die beiden nie kennengelernt.

Wäre es nicht so heiß gewesen ...

Kapitel 99
Staffellauf

Gegen Sie wurde Haftbefehl erlassen.

Shinju Shinagawa?

... anders gekommen ...?

Wäre dann alles ...

Bis vor wenigen Monaten ...

Direkt nach ihrer Entlassung aus der Klinik kam sie wieder ins Gefängnis.

... war sie noch Shinju Natsume, meine Frau.

Tschack

Shinju!

Hey!

Ich darf dich doch wieder besuchen kommen, oder?!

!

Wie?
Keine
Besuche
mehr?

Kommen
Sie auch
nicht ins
Gericht
...

»Wir
sind jetzt
völlig Fremde,
also kommen
Sie mich nicht
besuchen, ich
werde Sie nicht
empfangen!

Wenn
ich Sie im
Gerichtssaal
sehe, ziehe ich
alle meine Aus-
sagen zu-
rück.«

... als ihren Anwalt ent-lassen.

Sie will mich auch ...

Vielleicht will sie eine Aussage ma-chen, von der sie nicht will, dass ich sie höre.

Dass sie den Mishima übern Jordan geschickt hat, hatte ich mir ja schon lang gedacht.

... dass Mishima sexuelle Forderun-gen an sie gestellt hat ...

Ich be-fürchte, das ist wohl wirk-lich passiert.

Was Shinju damals im Gericht er-zählt hat ...

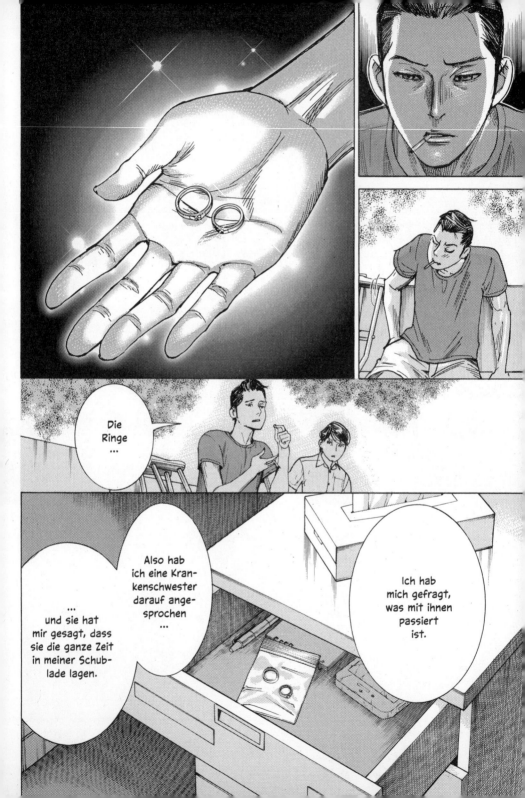

Die
Ringe
...

Also hab
ich eine Kran-
kenschwester
darauf ange-
sprochen
...

...
und sie hat
mir gesagt, dass
sie die ganze Zeit
in meiner Schub-
lade lagen.

Ich hab
mich gefragt,
was mit ihnen
passiert
ist.

... hieß es, er sei in meiner Hemdtasche gewesen.

Als ich nachgehakt habe ...

Ich wunderte mich, warum auch Shinjus Ring bei mir lag.

Deshalb ...

... habe ich einen der Kommissare vom Unfallort gefragt ...

... wie es da genau war.

Alle
Vögel
...

... sind
schon
da ...

Sie hat es von ihrer geliebten Mutter gelernt ...

Ihr Lied, das sie so liebt ...

... und für den geliebten Suo gesungen.

... das sie jemand Besonderem widmen kann!

Es ist das Einzige, was sie besitzt ...

Das war das Lied ...

... das ich gehört habe!

Auf Shinjus Aussage hin ...

... wurde die Geburtsklinik, in der Tamaki entbunden hatte, in der Präfektur Iwate gefunden.

Gyuukakuzan Gynäkologische Klinik

Sind Sie sicher, dass die als Beweismittel zulässig sind?

Kurz nachgefragt:

Ja, wenn es Speicherkarten sind, die die Opfer hinterlassen haben.

Im Koffer mit Mishimas Leiche waren zwei Karten versteckt.

... aber dann müssen die Opfer wohl vorsorglich Kopien gemacht haben ...

Die Frau sagte zwar, sie hätte sie vernichtet ...

Er hat wahrscheinlich geholfen, den Koffer zu vergraben ... damals.

Wir vermuten, dass es Yamashita war.

Wer hat die Karten in den Koffer gelegt?

... sind Videobotschaften von Aizawa und Yamashita, die ihre Absicht erklären, Selbstmord zu begehen.

Auf ihnen ...

Das geschah nicht einfach nur aus Nachsicht.

Von Mishima abgesehen wurden die Fälle als Beihilfe zur Selbsttötung eingestuft.

Auch die Staatsanwaltschaft hat die Aufgabe, nach der Wahrheit zu suchen.

Auf deine Entlassung!

Prost!

Klonk

Die Bullen können einem echt Angst machen!

Die haben mich zwei Tage lang in die Mangel genommen!

Ent-schuldi-gung!

Danke, war ein schöner Abend!

Ich hol uns mal was Nicht-alkoholi-sches.

Ach, keine Sorge. Ich bringe den alten Herrn schon nach Hause.

Uffz

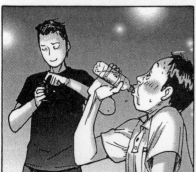

Ich glaube, allmählich verstehe ich, was die drei toten Typen gedacht haben.

Herr Fujita ...

Zeit ... gewinnen?

... wahrscheinlich Zeit gewinnen.

Sie wollten ...

... und Shinju dann verhaftet würde und rund um die Uhr unter Beobachtung stünde ...

Sie dachten sich wahrscheinlich, dass, wenn sie selbst die drei Dosen aufbrauchen ...

... sie sich nicht mehr so leicht umbringen könne.

... haben sie sich für diesen Staffellauf des Lebens entschieden.

Und deshalb ...

... dann wollten sie es tun wie ein Held im Film, der das Mädchen beschützt.

Wenn sie schon den Freitod wählen ...

Kapitel 100
So eine Frau

Du, Momo, fettes Sorry, aber ...

Awww

Du willst die kleine Pearl besuchen!

... noch mal zwei Stunden für mich einspringen?

Äh, könntest du ...

Hm, was?

Tut mir total leid! Ich werd mich revanchieren!

Seit
einem
Monat
...

... gegen
Shinju.

...
läuft
der neue
Geschwo-
renenpro-
zess
...

Sie ist angeklagt ...

... in drei Fällen von Beihilfe zur Selbsttötung und einem Fall von Mord.

Un-aufgeregt gab sie zu Protokoll ...

... dass sie die Opfer allein auf deren ausdrücklichen Wunsch hin getötet habe ...

... und sie sich bereits vor ihrem Aufeinandertreffen nach dem Tod gesehnt hätten.

Daher habe sie Herrn Yamashita um Hilfe gebeten ... und so weiter.

Im Ganzen sei der Leichnam aber zu schwer zum Transportieren gewesen.

... dieser sei im Affekt geschehen, daher auch die Blutspuren.

Bezüglich des Mordes an Shogo Mishima gab sie an ...

Anders als die anderen drei sollte er auch keine Himmelsbestattung bekommen.

Und schließlich sagte sie ...

... Mishima umgebracht zu haben.

... sie bereue kein bisschen ...

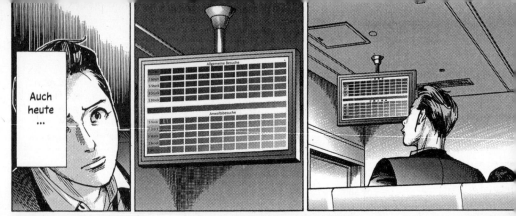

Auch
heute
...

... wollte mich
Shinju nicht
sehen ...

Dabei habe ich das Geld doch längst in die Renovierung der Wohnung gesteckt ...!

Er hat sich das Leben genommen, da war das erste Jahr nach Abschluss der Police noch nicht rum. Die Versicherung wird das Geld zurückhaben wollen ...

»Na, wegen dir! Du hast ihn auf dem Gewissen!«

Ich mache mir solche Vorwürfe, es ist die Hölle.

... sieht es sicher ähnlich aus.

Bei Sana ...

Du weißt es doch, oder? Sana!

Ihr habt euch doch so gut verstanden!

Warum hat Eisuke nicht mehr leben wollen?!

Sag es mir! Bitte, Sana!

Es ist ...

...

... die ihnen damals den Lebenswillen genommen hatten.

... als ob die Toten nun Rache an denjenigen üben ...

... der wahre Täter ...

Wer war in diesem Fall ...

... der zur Rechenschaft hätte gezogen werden müssen?

... dass du das hinter dir lässt.

Arata, es wird langsam Zeit ...

Shinju!

Diese Frau ...

... scheint sie eine ziemlich entschlossene Frau zu sein.

Wenn ich darüber nachdenke, was ich gehört habe ...

... oder einen verrückten kriminellen Plan bis zum Ende durchzuziehen, das ist schon beeindruckend.

Sieben Stunden am Bahnhof zu warten ...

Na ja ...

...

Je mehr sie dich wertschätzt ...

... desto mehr wird sie sich selbst dafür hassen!

So eine Frau ist sie doch, oder?

... die Todesstrafe wird wohl nicht verhängt.

Und überhaupt ...

...

Du hast es bis hierher geschafft! Hast du nicht schon genug getan, um diese Frau zu retten?

Bei drei Fällen von Beihilfe zum Selbstmord und einem Mord ist die Todesstrafe zwar nicht ausgeschlossen, aber wär schon ziemlich ungewöhnlich.

Arata!

Wenn es wirklich Selbstmorde waren ...

... dann hätte Shinju das auf jeden Fall geheim gehalten ...

Obwohl ihr die Todesstrafe drohte, hat sie sich als Mörderin hingestellt ...

... nur um den Hinterbliebenen weiteres Leid zu ersparen, oder?

Und jetzt?

Die drei Familien ...

... durchleben jetzt die Hölle.

Sie will sagen, wer sie ist, was sie getan hat ... Um herauszufinden, welchen Wert ihr Leben eigentlich hatte.

Sie will alles seit ihrer Kindheit erzählen ...

... will sie dann als Antwort darauf nehmen.

Und das Urteil ...

... und sich so bei den drei Opfern und ihren Familien entschuldigen.

... sich endgültig das Leben nehmen ...

Dann will sie damit abschließen ...

Das wird nichts. Sie will Sie doch gar nicht sehen!

Aber ...!

Etwas, das sie wissen will, bevor sie sterben kann.

»Es gibt etwas, das du wissen willst, Shinju.«

Richten Sie ihr bitte noch etwas aus.

Und was ist das?

Als ich Shinju das erste Mal besucht habe ...

Was?

... aber das ist ...

... mein letztes Ass im Ärmel ...!

Ich wollte nicht darüber sprechen ...

Kapitel 101

Ich wollte dich sehen

Irgendwie ...

»Nummer 12 – Besuch abgelehnt.«

Glauben Sie, dass meine Nummer aufleuchten wird?

... erwarte ich das direkt.

Als ich ihr gestern Ihre Nachricht ausgerichtet habe, dass Sie ihr den Grund für den Antrag verraten wollen ...

... hat sie die ganze Zeit kein Wort gesagt.

Schwer zu sagen.

... und zwar persönlich!

... will sie vielleicht auch die Bedeutung ihrer »Ehe« erfahren ...

Aber ...

... wenn Sie recht haben und Shinju wirklich ihren Tod vorbereitet ...

»Vorbereitungen für ihren Tod«, hm?

...

... dürfte es schwer sein, sich im Gefängnis das Leben zu nehmen.

Durch die ständige Überwachung ...

Wissen Sie ...

Aber es gibt Präzedenzfälle.

Wenn jemand wirklich sterben will ... kann ihn wohl niemand aufhalten.

Früher gab es mal einen Boxer, den ich sehr mochte, der hatte seine Frau umgebracht ... Und am nächsten Tag erhängte er sich im Gefängnis mit seinem Trainingsanzug.

Das war zwar nicht in Japan, aber ...

Neben dem Antrag haben Sie doch noch was anderes, worüber Sie sprechen wollen, oder?

...

Ich weiß es nicht.

... sie damit davon abzubringen, in den Tod zu gehen.

Irgendeine Geschichte, von der Sie sich versprechen ...

Gibt es den Grund für den Antrag wirklich ...

... oder war das eine Lüge, um sie treffen zu können?

... aber das ist alles ... was ich will.

Tut mir leid ...

Wollen Sie ihn mir nicht verraten?

...

Den Grund gibt es wirklich ...

... auch wenn er nicht besonders gut ist.

Nein ...

Ich hab keinen machen lassen.

Ach der ...

Was ist mit dem DNA-Test?

Apropos!

Der Vaterschaftstest von Ihnen und Shinju!

... er war nicht mehr notwendig.

Oder besser gesagt ...

Sie können also kaum der Vater gewesen sein ...

Wir wissen ja inzwischen, wann Shinju geboren ist.

Ach ja. Klar.

Nein, sie ist meine Tochter.

Das ist gut.

Herr Natsume, tragen Sie denn keine Uhr?

Jede Sekunde zählt!

Ah, danke.

Hm? Nö.

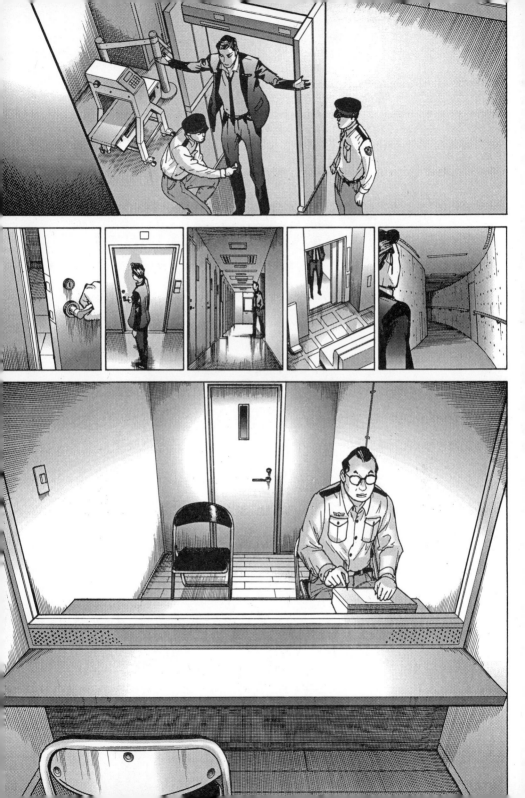

... Shinju rein.

Gleich kommt ...

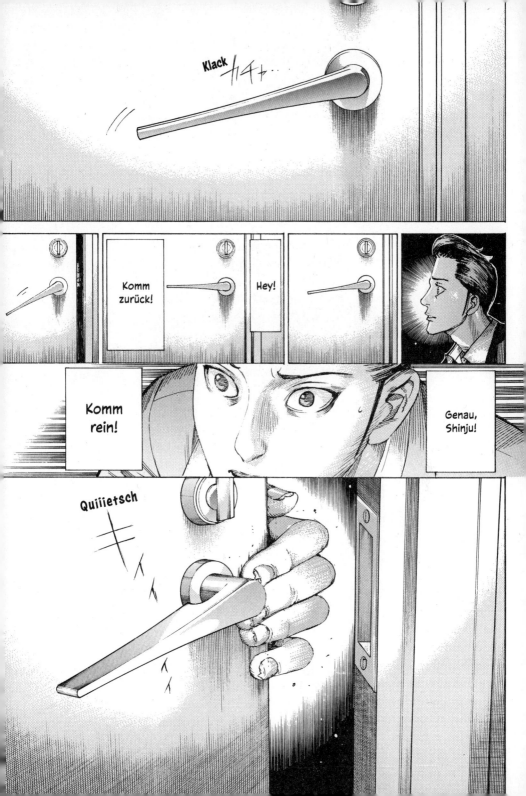

... hast du also noch, hm?

Ein paar Narben ...

Ent-schul-dige.

... Herr Natsu-me.

Nun, lange nicht gesehen ...

Ich will wieder zurück in meine Zelle.

Bringen wir das schnellstmöglich hinter uns.

... nie etwas gewesen wäre.

Als ob zwischen uns ...

... können wir uns vorher noch ein bisschen unterhalten?

Zum Heiratsantrag komm ich gleich, versprochen, aber ...

9:15 Uhr.

Die letzte Viertelstunde ...

... von Shinju und mir hat begonnen!

Du,
Shinju
...

... ich muss dich was fragen.

Als das Auto gecrasht ist ...

... warum bist du da auf die Bremse getreten?

Ich erinnere mich nicht an das, was vor und nach dem Unfall war.

Ein Bekannter meinte ...

... du wolltest einfach nicht, dass ich sterbe.

Hey, lassen wir heute ...

Wenn du den Grund für meinen Heiratsantrag erfährst, wirst du mich ohnehin nie wieder sehen wollen.

... dieses taktische Geplänkel.

Aber was meinst du mit »Vorbereitung für meinen Tod«?

Mach ich das?

Es wirkte, als ob du eine Art »Entrümpelung« deines Lebens begonnen hast ...

Das fand ich schon seltsam ...

Na ja, plötzlich versuchst du, reinen Tisch zu machen, und gestehst alles und so ...

Anders.

Nein.

Wenn es sich nur um Selbstmorde gehandelt hätte, wäre es keine Nachricht wert gewesen.

Aber nachdem es als bizarre Serie von Morden Aufmerksamkeit erregt hat ...

Dass sich alles so kompliziert entwickelt hat, liegt nur daran, dass du den Plan so perfekt ausgeführt hast.

Wahrscheinlich hatten sie erwartet, dass du viel früher gestehst und die Karten gefunden werden.

... wird es peinlich für die betroffenen Familien, die sich als Opfer dargestellt haben.

Wenn sich dann herausstellt, dass es in Wirklichkeit Selbstmorde waren ...

... wollte ich mich eigentlich auch umbringen!

Als ich Suo das Gift verabreicht habe ...

Aber ich wollte nicht, dass ihn die Welt als widerlichen Mittdreißiger sieht ...

... der mit einem Teenie-Mädchen Selbstmord begangen hat!

... und Suo als Opfer dastehen lassen.

... wollte ich als irrer Serienmör- der in die Geschichte eingehen ...

Deshalb ...

Gibt ge- nug kranke Spinner, die so was cool finden.

Und man kennt ja die Bilder von verrückten Mördern, die das Blut von ihrer Klinge lecken und so ...

Mir kam es gelegen, dass Aizawa und Yamashita lebensmüde waren ...

Bei einem bizarren Serien- mord wird das Opfer zu einem Symbol.

Bei dem Autocrash ...

... wurde mir das auf einen Schlag klar.

Ich habe alle für Suo ausgenutzt ...

Ich bin einfach ein Arsch ...

Deshalb
bin ich auf
die Bremse
gestiegen.

...
du hast
das gewusst
und warst trotz-
dem bereit, dich
mit mir umzu-
bringen.

Arata
...

Weil
ich es nicht
verdient habe,
mit dir zu
sterben.

Kapitel 103
Der Durchbruch

... nur weil du denkst, du wärst ein Arsch, weil du mich hintergangen hast!

... ich will nicht, dass du dich fertigmachst ...

Hey, Shinju ...

...

Das ist mir doch schnuppe!

Oder weil du glaubst, du hättest kein Recht auf Glücklichsein!

... habe ich erst mit der Erkenntnis, was ich für ein schlechter Mensch bin, alles kapiert.

Außerdem ...

Du darfst ja so denken, Arata ...

... aber das muss ich mit meinem Gewissen ausmachen.

... alles nachvollziehen.

Ich konnte ...

Genau wie du es für Suo getan hast!

... an meiner Seite warst und gesungen hast!

!

Gesungen?

Ich hab was?

Ich kann mich nicht erinnern.

Ähm ...

... Das ist jetzt nicht wahr, oder?

...

Nein, im Ernst.

Aber das ist die Wahrheit. Hoch und heilig!

Es tut mir leid ...

... bin ich im Krankenhaus wieder aufgewacht.

Es gab einen Knall, und dann ...

... womit ich einen Durch-bruch hätte erreichen können.

Das war das Einzige ...

Dabei sind erst 5 Minuten rum.

Ich habe mein Pulver ver-schossen.

Hast du sonst noch was zu sagen?

...

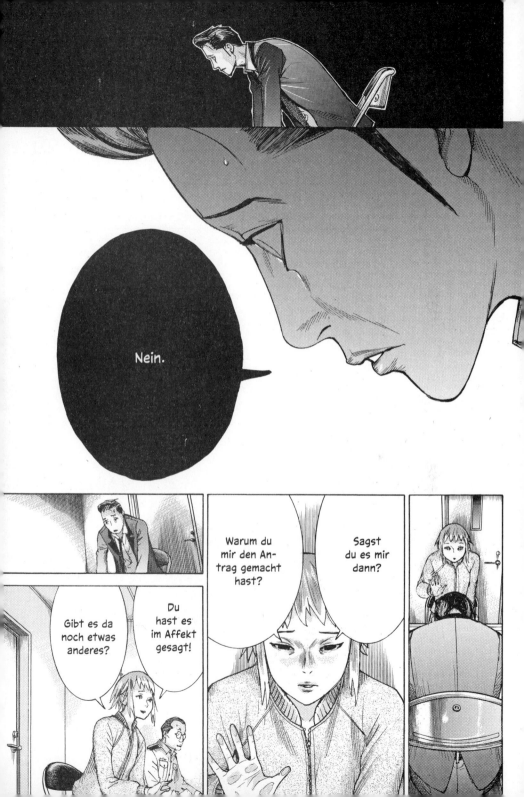

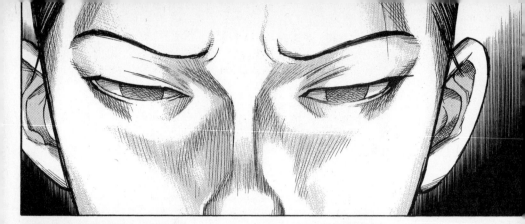

  ...
ich bin in
Panik geraten,
als du aufgestanden
bist, und da hab ich
dir den Heiratsan-
trag gemacht.

Es
stimmt
...

Aber
damals
...

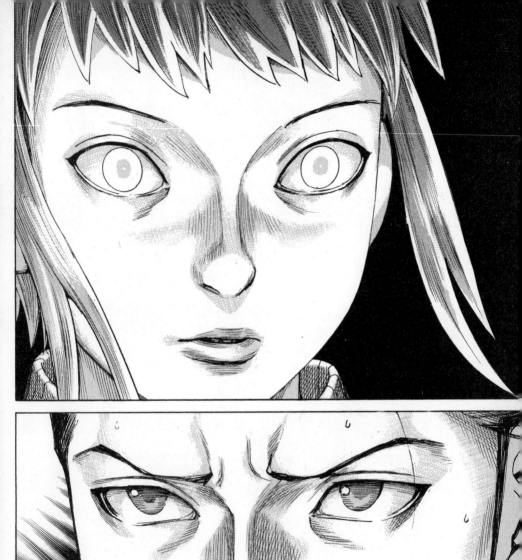

…!

Obwohl du mich noch nie gesehen hattest?

Genau.

Ein Freund von mir ...

... steht auf Hostessen-Klubs.

Und der hat mir mal ...

... einen Spruch verraten, mit dem man die Frauen dort leicht rumkriegt.

Und zwar mit:

»Heirate mich!«

Au Mann ...

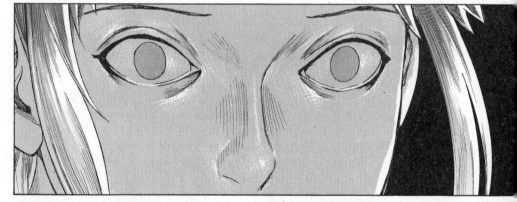

... funktioniert aber.

Klingt bescheuert ...

Ich bin anders ...

Nein!

Und für den Mist kommst du extra her?

Solche Männer gibt es wie Sand am Meer!

... als mein Kumpel in den Hostessen-Klubs.

... habe durch meinen Job solche Frauen kennengelernt.

Ich ...

Ich weiß, wie es ihnen geht, wenn sich mit 18 das Amt nicht mehr um sie kümmert ...

Ich weiß, wie es in diesen Mädchen aussieht, die nach Liebe hungern!

... sie planlos rumirren ...

... und sich von süßen, aber falschen Worten täuschen lassen!

Deshalb dachte ich ...

... der Trick funktioniert bei dir auch!

... das traurige Ende der Kinder sind, die ich in meinem Job beschütze ...

... habe ich es trotzdem getan!

Auch wenn ich weiß, dass Frauen wie du, die nach Liebe verlangen ...

0

...

Ich bin ein Mist-kerl.

... weil du dich deshalb schuldig gefühlt hast?!

Hast du dein Leben für mich riskiert ...

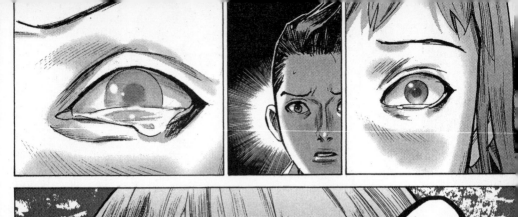

... war es der Bund zweier Arsch- löcher.

Es ist gut, dass es vorbei ist.

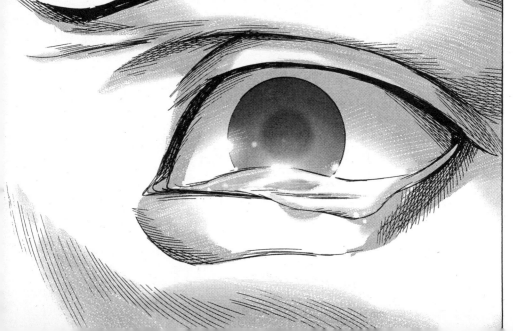

... schwache Menschen gehasst.

Ich habe ...

Habe ich schwache Menschen so sehr gehasst ...

... weil ich selbst ...

... weil ich tief im Inneren eigentlich selbst ein Schwächling bin?

Shinju!

Kapitel 104
Ein endgültiger Abschied

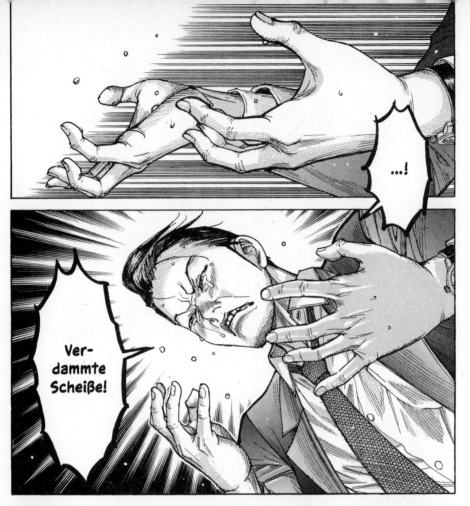

...!

Ver-
dammte
Scheiße!

Was zum
Teufel wird
das denn
jetzt?

...

Aber
na ja ...
Meine Tränen
sind nichts
wert.

Ich habe
geweint, als
meine Mut-
ter gestor-
ben ist.

Du hättest
ruhig weinen
können.

Ein echter
Mann weint
nicht wegen
etwas Trivia-
lem!

Aber
weißt
du, ein
Mann
...

... der einem wichtig ist!

Meine Mutter.

Suo ...

Aber solche Abschiede passieren doch ständig. Nimm nur mal mich ...

...

Du, Arata.

... konnte es nicht ertragen, dass jemand Kinder misshandelt.

Ich ...

... auch wenn es nur ein zaghaftes Lächeln war ...

Ich wollte, dass die Kinder mit einem Lächeln auf ihren Gesichtern leben ...

Aber all die Kinder, die ich gesehen habe ...

... schwache Menschen gehasst und auf sie herabgesehen.

Ich habe ...

Aber wen ich eigentlich nicht sehen wollte, das war ...

... ich.

Kapitel 105
Die Hochzeit von Arata Natsume

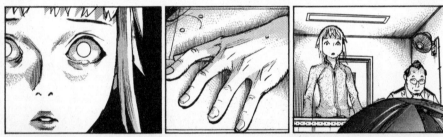

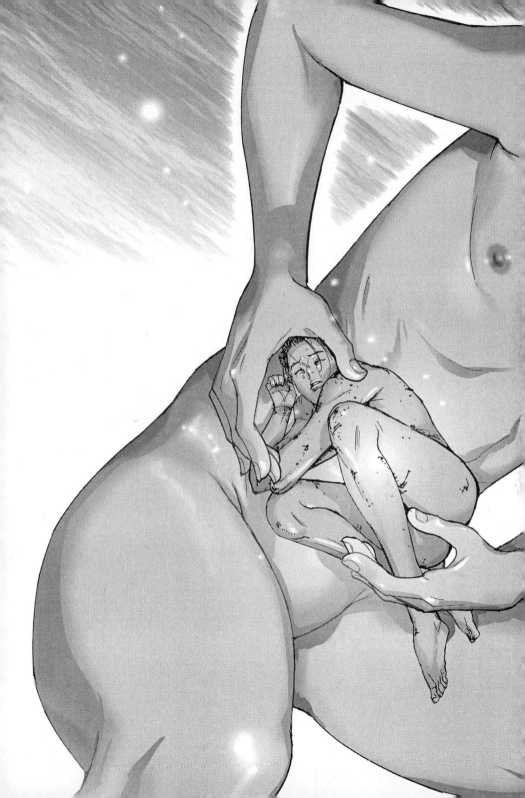

Es ist gut ...

Alle Vögel ...

... sind ...

... schon da ...

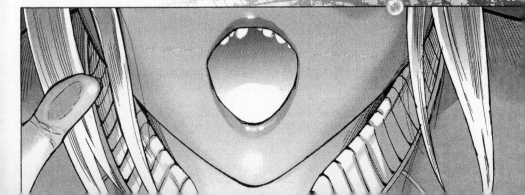

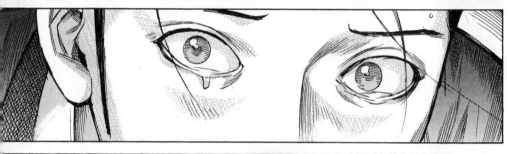

Alle Vögel ... alle!

Wünschen dir ein frohes Jahr, lauter Heil und Segen.

Ich ...

‼

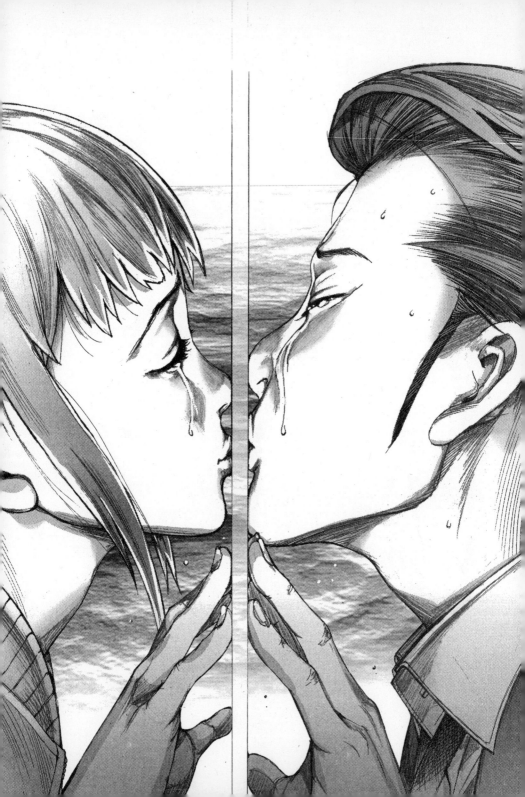

Finales Kapitel

Die Hochzeit von Shinju Shinagawa

Shinju Shinagawa ...

... wurde in erster Instanz wegen Mordes und Beihilfe zur Selbsttötung zu 11 Jahren Haft verurteilt.

In der zweiten Instanz ...

... wurde sie zu 12 Jahren Haft verurteilt.

Eine Revision wurde abgelehnt.

Das Urteil ist rechtskräftig.

9 Jahre
später

Dass Sie nun schon nach neun raus sind – unglaublich!

Der Staatsanwalt sagte, zwölf Jahre seien eine angemessene Strafe.

Gut,
die Unter-
suchungshaft
wurde ange-
rechnet
...

Das
ist nur
schwer zu
akzeptie-
ren.

... damit waren
es letztendlich
etwas über zehn
Jahre, aber
trotzdem
...

...
meine
Strafe ist
noch nicht
vorbei.

Es ist
nur auf
Bewäh-
rung
...

Sicher
weiß man, wo
Sie wohnen, die
Paparazzi werden
Ihnen auflauern.
Das ist Teil Ihrer
»Sühne«.

Ja,
sie ist
noch nicht
vorbei!

Ja.

»Sühne«
...

...

Mittler-
weile ...

...

Das
ist mein
Leben.

Wir
durchstöbern
die Prospekte
nach Sonderan-
geboten und kau-
fen das Gemüse
abends, wenn
es reduziert
ist.

... lebe
ich mit einem
ganz gewöhnlichen
Mann zusammen,
der seine Stärken
und Schwächen
hat.

Ja, das verstehe ich.

... egal aus welchem Grund, ist immer eine Sünde!

Kapiert? Ein Leben zu neh- men ...

Das sind nur Lippen- bekenntnisse! Das will ich nicht hören!

Lüge!

... als je- mand, der mir wichtig war, schwer verletzt wurde ...

... aber ...

Ich hatte nie den Wunsch, ein Kind zu haben ...

...

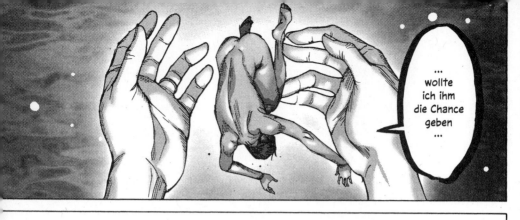

... wollte ich ihm die Chance geben ...

... wiedergeboren zu werden.

»Sühne«
...

Ich habe
meinen
Bruder in
den Tod
getrieben
...

Also
ist die
»Sühne«
für mich
wohl
...

Das
hoffe
ich.

...
dieser
Frau
...

Tekuto, wann kommst du das
nächste Mal? An Obon?

Isst du auch ordentlich?
Melde dich doch mal.

Kommst du in den
nächsten Ferien?

Wie ist dein Job? Ich hab dir ein Paket
geschickt. Morgen wird es zugestellt.
Sei zu Hause, wenn es kommt!

Es ist eine Benachrichtigung über ein
Klassentreffen gekommen. Darf ich
Ihnen deine Handynummer geben?

In letzter Zeit geht es mir nicht so
gut und ich werde ins Krankenhaus
gehen. Pass auf dich auf, Takuto.
Iss ordentlich.

,.?!   ABC   DEF

GHI   JKL   MNO

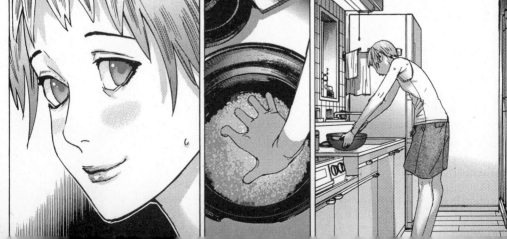

Warmwasserzulauf Wassertemperatur Wasser aufheizen Automatik-programm

An / Aus Favoriten Alarm

Blip

Was nun die Außer-irdischen damit zu tun ha-ben ...

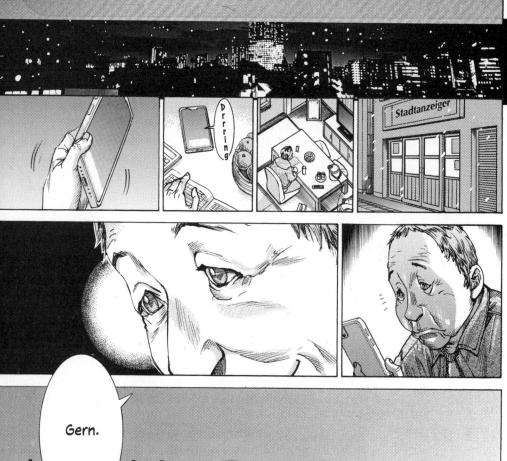

Ding

Dong

PLIP

Hey, Pearl, hast du kurz? Weißt du noch, der Ex-Freund, von dem ich dir erzählt habe? Er kommt jetzt überraschend von der Insel zurück, wo er sich um seine Eltern gekümmert hat.

20:55

Ran da, schnapp ihn dir, Momo!

Hu hu

Mach auf!

Ding Dong

y, Pearl, hast du kurz? Weißt du noch, der Freund, von dem ich dir erzählt habe? Er mmt jetzt überraschend von der Insel zurück, er sich um seine Eltern gekümmert hat.

Was mach ich denn jetzt?
Soll ich ihm schreiben, dass ich ihn gern treffen möchte? Wir sind beide in einem Alter, in dem es jetzt schon fast zu spät ist, etwas zu ändern.
Meine Gefühlslage erinnert mich an Mariya Takeuchis Song *Single Again*.
Wie wäre es, wenn wir uns demnächst mal auf einen Kaffee treffen und ein bisschen quatschen? Oh, und sag es deinem Mann lieber nicht.

 Aa

Boah, ich sag's dir. Als Abteilungsleiter hat man echt die volle Landung Stress am Backen.

303
Natsume Arata
Shinju

me Arata

Shinju

Ende

altraverse

Deutsche Ausgabe / German Edition
Altraverse GmbH – Hamburg 2024
Aus dem Japanischen von Anemone Bauer

NATSUME ARATA NO KEKKON Vol. 12 by Taro NOGIZAKA
©2019 Taro NOGIZAKA
All rights reserved.
Original Japanese edition published by SHOGAKUKAN.
German translation rights in Germany, Austria, Liechtenstein and German
speaking area in Switzerland, Belgium, Italy and Luxembourg arranged with
SHOGAKUKAN through VME PLB SAS.
Original Cover Design : Tadashi HISAMOCHI, Seiko TSUCHIHASHI (hive&co.,ltd.)

Redaktion: Jörg Bauer
Herstellung: Vivien Bergau
Lettering: Vibrant Publishing Studio

Druck: Nørhaven A/S, Viborg
Printed in Denmark

MIX
Papier | Fördert
gute Waldnutzung
FSC® C104608

ISBN 978-3-7539-2938-5
1. Auflage 2024

www.altraverse.de